허공에 거적을 펴다

국립중앙도서관 출판예정도서목록(CIP)

허공에 거적을 펴다 : 송수권 시집 / 지은이: 송수권. ― 대
전 : 지혜, 2014
    p. ;   cm. ― (지혜사랑 ; 111)

ISBN 979-11-5728-003-2 03810 : ₩10000

한국 현대시[韓國現代詩]

811.62-KDC5
895.714-DDC21   CIP2014018730

지혜사랑 111

허공에 거적을 펴다

송수권

지혜

시인의 말

『달궁 아리랑(2010, 12시집)』, 『빨치산(2012, 13시집)』, 『남도의 밤 식탁(2012, 14시집)』, 『퉁(2013, 15시집)』, 『사구시의 노래(2013, 16시집)』에 이어 『허공에 거적을 펴다(2014, 17시집)』를 상재한다.

그러고 보니 순천대학에 있으면서 지리산 시대(어초장)의 여순사건에서 이번 시집까지 5년간에 걸쳐 여섯 권의 시집을 상재한 셈이다. 특히 이번 시집은 그 동안의 역사정신을 천착한 시집들에서 주제로 묶이지 못한 일상생활 속의 느낌을 가볍게 써 본 시편들이다.

실은 여순사건 『달궁아리랑(장편서사시)』, 『빨치산』에서 4·3사건으로 이어지는 시집 원고가 완성되어 있어 그걸 먼저 낼까 하다가 순서가 뒤바뀌었다. 4·3은 우리에게 무엇인가의 『흑룡만리黑龍萬里』는 『애지』 가을호부터 연재약속을 했고, 현장 검증을 더 거쳐야 할 필요성이 있었기 때문이다.

2014(갑오) 6월 25일
광주 우거에서 송 수 권

5

차례

2부

3부

4부

5부

• 일러두기
 한 연이 첫 번째 행에서 시작될 때는 > 로 표시합니다.

1부

앙코르와트 사원의 비욘 계단을 오르며

앙코르와트 사원에 와서 비욘 계단을 한 걸음씩 오르면서
당신을 처음 생각합니다.
나의 뇌수에도 한 그루의 판야나무가 서서히 자라고 있다는 것을,
사원 한 채를 다 덮고도 남은 당신의 판야나무를,
9백년의 시간이라는 그늘 속에서 그 뿌리는 지상으로 몸부림
쳐서
불상과 사원 한 채를 서서히 부수는 일,
그러면서도 밑뿌리 하나는 당신을 끈기만으로도 서서히
버팅겨 주는 힘이 됩니다.
그것이 우리들의 사랑이라는 것을 알았습니다.
타 프롬사원을 두고 어떤 여행자는 악마의 땅이라고 저주를 퍼
붓고 가지만
비욘의 검은 계단을 오르면서 천사의 집이라고 일러주는
캄보디아의 주황색 장삼을 걸친 노승은
크메르 루주의 대학살을 견디고도
살아 남은 나무라고 설명을 합니다.

나의 또는 당신의 판야나무, 사랑의 힘이란 늘 이런 게 아니었
을까요,
돔형의 커다란 지붕 위로 펼쳐진 사원의 밤 하늘,

대마젤란 은하에서 초신성이 폭발하는 소리가 들립니다

1604년, 캐플러가 발견한 그 초신성의 밝은 빛을 타고

수억 광년을 달려 지상에 내려오기까지 당신도 내가 발견하기

전까지는

어쩌면 어쩔 수 없는

처음에는 판야나무의 그 작은 한 톨의 씨앗이 아니었을까요

* 초신성 : 격렬하게 폭발한 뒤 광도가 평상시에 비해 수십만에서 수백만배로 순식간에 증
    가하는 별.

스침에 대하여

직선으로 가는 삶은 박치기지만

곡선으로 가는 삶은 스침이다

스침은 인연, 인연은 곡선에서 온다

그 곡선 속에 슬픔이 있고 기쁨이 있다

스침은 느리게 오거나 더디게 오는 것

나비 한 마리 방금 꽃 한송이를 스쳐가듯

오늘 나는 누구를 스쳐가는가

저 빌딩의 회전문을 들고나는 것

그것을 어찌 스침이라 할 수 있으랴

스침은 인연, 인연은 곡선에서 온다

>

그 곡선 속에 희망이 있고 추억이 있고

온전한 삶이 있다

그러니 스쳐라 아주 가볍게

천천히

* 시집 『통』에 있는 시를 쉽게 이해하도록 다시 개작하였음.

허공에 거적을 펴다

허공에 거적을 펴고

시를 써온 것이 몇 년인가

햇빛 오고 바람 불어 좋은 날

새로 핀 벚꽃

꽃눈보라 왁자히 내리는데

내 눈에선 자꼬 눈물이 마르지 않는다

이는 지상에 발을 대고

걸어가는 때문

죽는 날까지도 그러리라

허공

하늘이 저토록 파란 것은

구름이 다 흐른 탓이다

허공을 건너가는

길없는 길을 내며 가는 새들의

이마도 참 시원하겠다

노을에 물들어 가는

빨간 발들이 보인다

허공의 눈동자 1

이 가을 빈 허공이

무엇으로든

채워 놓아야 하지 않겠느냐고

두 눈 멀뚱멀뚱

가루지기로 날던 잠자리 한 쌍

제비 한 마리 잽싸게 날아들어 할퀴고 간다

맥 풀린 허공이

두 눈 멀뚱멀뚱

허공의 눈동자 2

겨울 하늘 壁을 치고 내리는 매방울 소리

내동산과 성수산 일대가 술렁거린다

빨간 목댕기를 두른 장끼 한 마리

번뜩 솟구쳤다 사라지는 현란한 빛

잠시, 야산 너럭밭 숲들이 잠잠해졌다

맥 풀린 허공이

두 눈 멀뚝멀뚝

유브 갓 메일

두 손이 자유로운 배낭을 메고
한 손엔 휴대전화 또 한 손엔
뚜껑 달린 종이컵을 들고
우리는 거리를 배회하며 사랑을 속삭이네
정착 사외에서 신유목 시회로 가는 길
푸른 水車가 돌지 않으면
한 발자국도 움직일 수 없네

오늘도 나는 나를 전송하면서
초원의 바람 소리를 가르는 말보다 빠르게
그 푸른 불꽃에 사랑도 굽고
빵을 굽는다네

돌아라 水車여
푸른 함성을 질러라 원자로여
푸른 에너지로 달리는 밀레니엄의 길
유브 갓 메일
스타벅스에서 매일 만나는 우리들의 사랑
커피도 홀짝이고 사랑도 홀짝이네

겨울 연가

타이베이에서
미미 할머니의 건강식이 된 배용준
바닷가 모래밭 그녀의 캠퍼스엔
배용준의 초상화가
진한 녹색 물감에 풀리고 있었다
딱 한번 남이섬에 와서
배용준을 포옹한 적이 있단다
서른 살 웃터울이 대수냐며
암 수술후 레이저 광선을 쬐면서도
겨울연가처럼 아름답게
불꽃처럼 뜨겁게
살고 싶다고 말한다
꿈에서도 위풍당당 난자를 발산한단다
오늘 아침도 계란 탁 파 송송
국냄비 속에서 보글보글 끓고 있는 배용준

요즘 사랑법

삶을 연연하면 펜 끝에서
먼저 죽음이 묻어나오고
사랑을 그리워하면 이별이
먼저 묻어나온다

시란 가슴에 새를 키우며
일생을 사는 일인데
가슴이 없으니 자판기에서
개를 키운다고 한 문장이 찍힌다

해마는 서서 잠든다

그는 오늘도 육아낭을 차고
해마의 수컷들처럼 서서 잠든다
한때는 과장님 소리를 들으며 기세등등
1층 복도에서 2층 복도를 신나게 발굽을 차며
그라운드를 누빈 적도 있었다
바소프레신*을 맞고 살아야 할 나이인데도
어쩌다 육아낭을 차게 되었는지 모른다
기저귀를 흔들어 빨래 건조대에 널어 말린다
초인종이 자지러진다
쥐노래미 같은 집달리가 쥐눈을 뜨고
약솔 날짜까지는 집을 비우라는 최고장이다
개수통을 설거지 하다 말고
비누 거품을 바닥에 쏟는다
접시가 쨍그랑 깨진다
육아낭 속에서 아기 울음이 또 자지러진다
구둣발로 상무실 출입문을 걷어찼던 거품이
바닥에서 다시 부풀어 오른다
아내가 귀가하는 밤늦은 시간
집안은 깊은 바닷속처럼 조용하다
수초들 사이 해마는 혼자 서서 잠든다

* 바소프레신 : 수컷의 바람기를 잠재우고 아이를 돌보는 헌신적인 호르몬.

싱글맘 시대 1

아침 이슬에 나팔꽃잎 활짝 피었어요
분홍빛 혀를 말고 차랍차랍 밥 먹는
우리집 치와와
누군들 도르르 말리는 그 혀끝 속에서
솜사탕처럼 녹아드는 소리
잘 들을 수 있지 않을까요

샹송보다 감미롭고
바흐의 선율보다 몸에 감기는 차랍차랍 소리
당신이 감동하는 소리는 이 세상 어디에 있는가요?
감탄은 있어도 감동이 없는 침대 속
이보다 더 달콤한 휴식은 없답니다
치와와 다섯 마리나 키운다고
누가 우리를 욕한대요

어제는 내 영혼까지 녹아들고 싶어
침실바닥에 한 컵씩 우유를 뿌리며
그것들의 목을 안고 털 고르기를 하며 놀았답니다
혀가 말려드는 그놈들의 빨간 목구멍을 한참씩이나
…… 들여다보며

저는 또 꽈리를 불고 싶었다니까요!

저출산 저인구 아파트 값 상승 원룸 해외캠핑
혼자 벌어 잘 먹고 혼자 노는데
……불효니 망종의 씨라고 누가 우리를 욕한대요

싱글맘 시대 2

스마트폰 옆구리에 끼고 해외 배낭여행 참 좋잖아요
고비 사막에 눈이 내리던가요? 야영의 불빛 속에서
늑대와 함께 춤추며
밤하늘 별들 보고 혼자 놀 거예요
짱구호텔에 맡기고 온 우리 애들 발 간질이며
나팔꽃잎 혀들이 하늘 가득 피어올라
우유통 핥는 소리
하늘 쳐다보고 눈물이 다 질펀 고였다니까요!

작년엔 홍역 돌림병으로 우리 애들 하니, 두니, 서니 데리고
강화도 화장터까지 세 번 다녀왔지요
말끝마다 복지푸념은 하면서도 우리 애들 보험
화장터 걱정은 언제 한 대요

또 금년 봄은 고관절이형성 루게릭 환자 데불고
인천에서 열일곱 시간 칭다호행 배를 탔지요
베이징까지 들러 유전자교정합성 주사를 마치고 왔지요
이저냥 항공사 티켓은 물 건너 간 건가요?
이것 좀 보세요
연밤송이 같은 코를 벌죽이며

골프공을 물고 와서
우리 너니 지금 아강발놀이*하는 것
나 못살아

일요일엔 짱구호텔에 나가
포메라니안이나 파피용 하나 더 데려올까해요

* 아강발놀이 : 앞발을 들고 뒷발로 서서 아양 떠는 놀이.

싱글맘 시대 3

어제는 새로 데려온 파피용을 대니라 이름 짓고
바우하우스에 나가 놀았어요
애들 발톱을 손질하고 매니큐어 찍고 눈썹 화장하고
안경 씌우고
명품 하나씩 갈아 입혔지요
바단으로 짜낸 덧버선 5×4 짝은
베이비스터 윤이 새로 디자인한 거라나……

거기에도 詩가 있더라구요
명품은 명품을 알아보는가 봐요
버드나무 네 그루에서 잎잎이 안 가는 데 없이
봄날의 햇빛이 퍼져나가는 즐거움
휘늘어진 실버들 가지에선 간들거리는
꾀꼬리 울음소리……
호텔 바텐더로 일하는 호모 장이 들려준 대로
나는 집에서 목욕하고 침대에 발랑 누워
등짝을 뒤집어 우유 몇 방울 찍어 歲寒圖를 쳤지요
어머머…… 어머머…… 그런데……
버선발을 딛고 오른 우리 대니 좀 보세요
나팔꽃잎 같은 혀가……

고사리 순처럼 도르르 말리는 소리……
이건 소리가 아니라 감각의 帝國을 넓혀가는 그림이지요

당신 사이트에 올린 댓글에 대해서
이 한 문장은 남기고 싶군요
샤방샤방이 아니라
그냥 조근조근 쥐겨 준다니까요!

수목장 樹木葬

사월이면 일진광풍一陣狂風
솔바람 하나로 넘치는 골짜기
그 아래 밥 짓는 연기 자욱하고
개 짖는 소리도 들리는 곳
나 너무 외롭지 않게
미인송美人松도 관음송觀音松도 아닌
그 산자락 위 풍입송風入松 한 그루가
쳐보내는 솔바람 소리에
온전히 귀를 묻고 잠들리

두 눈과 콩팥 비장도 이웃에 주고
살과 뼈는 녹아 흘러 미세한 자양분으로
그 소나무 푸른 솔방울의 열매가 되리
그러면,
멀리서 찾아온 밤늦은 신혼부부 한쌍
그 솔바람 소리 파고들어 귀를 묻고
솔씨 같은 아이 하나 얻어 새벽 기차를
타도 좋으리

여름에는 수많은 솔매미떼 깃들어 울고

2부

목포역

호남선 끝자락
내 마음 오지에 묻은 한 장의 낙엽
목포 역은 늘 그런 곳이었다
몸으로는 더 갈 수 없는 곳 바다 끝
눈을 들어 마음의 끝 오지가 떠오르곤 했다

푸른 파도가 몰려오고
멸치 떼와 갈치 떼가 자글자글
울음 우는 곳
이따금 상어 떼가 몰려와
물 밑의 캄캄한 조각달을 삼켜보다
되돌아 가는 곳

그곳에 가 마음 내려 놓고
뼈를 묻고 싶은 날이 있었다

원광대학교

큰 상징은 종교에 있고 작은 상징은 언어에 있다 영광군 백수읍 길룡리에 가서 그걸 알았다 옥녀봉은 소태산의 생가 마당 앞에 서 있었다 쳐다보면 볼수록 정상의 바위에 누군가 ○(ring)을 씌워놓고 간 것이 여간 신비하지 않았다 먹물 든 사람은 그것을 일원상 이라 불렀고 가방 끈이 긴 사람은 그것을 金仙*이라 불렀다 무식한 사람은 그대로 옥녀바위라 불렀다 나는 김선 보다는 玉女라는 이름이 더 좋았다.

밤 들자 옥녀봉 위로 두 개의 달이 웃고 떴다 만월의 바다가 차 오르고 어디선가 밀물 찰싹이는 소리와 함께 쨍그랑 금가락지 떨 어지는 소리가 들려왔다 마을 사람들은 그 소리를 두고 또 옥녀가 금가락지를 빼놓고 달빛 사다리를 타고 올라가 하늘 곳간에 베틀 놓고 앉아 씨줄 날줄을 걸어 비단 한 필씩을 짜는 소리라고 했다 찰그락찰그락 베 짜는 소리가 한밤중인데도 내 귀엣까지 들렸다

히히히 우스웠다 한동안 원불교 재단으로 세운 원광대학고 문 창과에 강의를 나다니며 선남선녀, 천의무봉天衣無縫, 옥녀가 기워 준 그 옷 한 벌씩을 걸치고 시를 쓴답시고 까부는 아이들을 보았 다 그 우중충한 건물을 빠져나올 때는 다시 한 번 뒤돌아보고 나 는 미친놈처럼 웃고 다녔다 화조월석花朝月夕으로 옥녀봉이 떠오

르고 그 옥녀의 오줌주머니가 엄청 쎈 모양이라고 그래서 내 발등
을 이토록 뜨겁게 적신거라고.

* 金仙 : '옥녀', '선녀'라는 뜻. (풍수지리설이나 산서山書에서 화조월석과 함께 신흥 종교가
들이 잘 쓰는 용어)

우이도牛耳島

우이도를 찾아
귀를 떼어 놓고 간다

이 세상
어느 구석진 바다에는
그런 섬 하나 있을 듯하다

정년을 하고 우이도牛耳島에 가서
살았으면 싶다고 인터뷰를 했는데
牛耳島가 鳥耳島로 잘못 찍혀 나왔다

우이도는 신안군 도초도 앞바다에
있는 섬
손암 정약전의 적거지
명사산鳴砂山 같은 모래 언덕이 빛나는 섬이다

나 언제 우이도 같은 섬이 되어
귀를 자를 수 있을까

바닷가 보건진료소

바닷가 한 마을에
보건진료소가 문을 열었네
뿔테 안경을 걸친 노인과
흰 갈매기 가운을 걸치 젊은 여의사와
집게발이 부러진
꽃게들이 모여 한 가족을 이루고 산다네
그 여의사 산 넘어 해안선을 돌아 먼 마을
왕진가방 들쳐메고 진료를 갈 때도 있고
환자를 실은 통통배가 그 집 마당 앞에
닻을 내릴 때도 있다네
산 고개를 넘어온 경운기가 탈탈거리면
도토리 같은 아이들이 쏟아져 내려
젊은 여의사 치마폭에 싸여
술래잡기 놀이도 한다네
바닷바람이 진료소 지붕 위
태극기를 흔들며
오늘도 고둥딱지 같은
섬마을 아이들을 부르네

유등제 流燈祭

등불들이 흘러간다
개천 예술제가 있는 날
남강에 나와 등불을 흘려보내는 사람들

나도 어려선
그 등불들에 떠서 흘러갔다
마을 위 산비탈에 서당이 있었고
선녀의 길인 듯 그 등불들이 떠서
비탈길을 흘러갔다
가슴 울먹이며 지켜보던 등불들……

서당 안에 등불들이 다 모이면
하늘天, 땅地, 검을鉉,……
그 소리에 갇혀 마을 한 채도 찰랑거렸다
그 등불을 무릎 밑에 깔고 앉아 참먹을 갈다보면
사그락사그락 겨울밤 눈 오는 소리……
천자문을 읽고 격몽요결을 읽고 명심보감을 읽고

길등燈을 따라 먹물든 지 60년……

밤이면 그 비탈길에 피던
유등流燈의 행렬들……
나도 오늘 강가에 나와 그 유등 하나를
흘려보냈다

오리들처럼

오리들이 물 위에서 한가롭게 놀고 있다
아줌마부대들이 되똥거리며
연신 줄지어 지나간다
햇빛과 바람과 함께 엉클어진
벚꽃 그림자들이 이따금 물무늬를 만든다

얼마나 가볍게 달려야 저 오리들처럼
물 위에
뜰 수 있을까?
어떤 오리는 물속에 노랑코를 박기도 하고
어떤 오리는 노랑 발바닥을 발랑 뒤집어
물방울 무지개를
하늘에다 옮기기도 한다

그믐달

그 사람 말 들어보니
고조부는 호비칼로 오동나무 통을 파는
나막신 장수였고

증조부는 시구문밖 오작벌에서도 소문난 칼 솜씨로
한 시대의 망나니였다고 한다

자기는 펜에 서러운 잉크를 찍어 구멍을 뚫는
이 시대의 떨거지 같은 시인이라고 한다

그믐 밤마다 달이 뜨면 하늘 쳐다보고
늑대처럼 울었다고 한다

귀명창

서편제 가락의 고향
애꾸눈*이 살던 마을에 가서 알았다
군목질*로 소리가 막혀 목이 부러지면
아낙네들은 똥물 한 바가지씩 퍼마시고
그 어혈을 풀었다고 한다

허구한 날 오두막집 품앗이청에 놓인
목침들만 죄없이 얻어맞아
그 목침들도
이젠 귀명창이 다 되었다고 한다

* 애꾸눈 : 서편제 창시자 박유전.
* 군목질 : 심심하면 소리를 푸는 일.

수평선 水平線

저 水平線 위의 흰 구름

빨랫줄에 누군가 벗어 놓고 간 옷 한 벌

문심조룡文心雕龍

오동꽃이 진다

천천히 느리게 시나브로

한 詩人이 마른 하늘에 번갯불이 인다고 말한다

어느 강마을을 넘는지 우레소리 귀청을 찢는다고

다른 詩人이 말한다

미쳤군, 장자가 취생몽사라 웃고

노자가 청정심이라고 웃는다

오월 한낮에 오동꽃이 진다

천천히 느리게 시나브로 오동꽃은 오동꽃으로 지고 있다

섬 1

낚시 여가로 한 달포,
섬에 가서 다방골잠*을 자고 왔더니
아내는 고주박잠*으로 섬이 되어 있었다

* 다방골잠 : 연휴동안 내내 자는 잠.
* 고주박잠 : 어머니가 아들을 기다리며 조속조속 드는 잠.

기적

앞에서만 듣던 기적이 등 뒤에서 들린다

기적은 소리가 아니라 집이다

어떤 날은 강의실에서 만난 소녀들이 수줍게 웃는다

두 눈썹 끝에 빗방울이 얹혀 있다

창문에 붙어서서 빗방울로 시를 쓸 때도 있다

이런 날 하행선 열차를 탄다

신풍 지나 만성리 역 지나 종착에 내리면

오동도의 겨울 바닷가 갈매기들처럼 끼룩거리며

어디론가 더 멀리 떠나버리자고 속삭인다

돌아올 때는 간이역사 지붕에도 성에꽃 하얗다

>

앞에서만 듣던 기적이 지금은 등 뒤에서 들린다

기적은 소리가 아니라 집이다

봄날에 듣는 장끼 울음소리

먼지잼* 속에서만 들리는

앞산 장끼 울음소리

나의 반경 안에서만

노는 당신이듯

먼 산을 넘는

봄 우렛소리

* 먼지잼 : 먼지를 가라앉힐 만큼 가볍게 오는 비.

실상사지實相寺址에 들다

이름만 있고
실상實相이 없다
어떤 사람은 어느 날
이 절을 누르고 있는 저 산봉우리의
코끼리 바위 코가 떨어지더니
전란이 터지고
6·25 때 불타버렸다고 한다

효녕 대군이 목판불
삼백질의 법화경을 새기며
북가죽이 터지도록 북을 쳤던 절
그 목판경도 불타 버리고
지금은 잎보다 꽃이 먼저 터지는
의미심장한 相思花만 핀다

직소폭포 오르는 길 實象址에 들러
어느 것이 實相이고 實象인지
코끼리 코부터 먼저 달아야 한다고
코 없는 코끼리 바위를 쳐다보며
가던 길 멈추고 서서
웃는다

3부

눈길

삼동三冬은 누군가 자주 솥뚜껑을 열고 갔다

그래도 노파는 부엌 빗장을 치지 않았다

또 고라니 가족이 다녀간 모양이다

적막한 봄

앞산은 첩첩하고 뒷산은 중중하다*

툇마루 끝에 나앉은 산속 늙은이

굴참나무 생구멍을 뚫는 청딱따구리

하루 내내 봄산이 경련을 일으킨다

저 몸빛깔 푸른 금란가사는 누가 두르고 가나

* 첫줄은 조오현의「한국 현대 시조 100년을 돌아보며」(문학사상)에서 따온 문장.

가을 산책

귀뚜라미 운다
밤을 새워 운다
또르르 또르르 방울을 흔드는 소리
꺄르륵 아기 웃음소리
허파꽈리 같은 빨간 목울대가 보이고
솜사탕 같은 구름이 물안개를 민다
숲길에서 부풀어 오른다
풀잎 끝에 이슬이 차다

인디언들은 십 리 밖에서 우는
늑대 울음 소리를 들었고
그곳에서 흘러오는 꽃향기로
풀꽃의 이름을 알았다고 한다

서광주 간이역 앞에서 발이 멎는다
서너 칸 객실을 달고 서부경전 열차가 지나간다
태백산 정상에 있다는 싸리골 역
마음이 먼저 가 닿는다

어디서 홍싸리꽃 내음 코를 스친다

하염없음

너와 지붕 툇마루 칠순 노부부가 앉아

점심을 먹는다

작은 양재기에 담긴 찬밥덩이

플라스틱 찬그릇에 담긴 노각무침

마늘짱아지, 깻잎, 묵은지, 풋고추와 된장

할아버지는 입속에서 찬쪼가리 하나를 넣고

한참을 오물거리더니

뜬금없이 사립문 밖으로 눈을 돌린다

할머니도 오물거리다 말고 따라서 본다

아무 기척이 없다

\>

하염없음

* 본 작품은 김종성 님의 수필 일부를 시로 옮겼음.

해당화

물 위에서 새가 걸어 나왔다
처음엔 물오리인 줄 알았다
물오리란 이름이 없을 때 별들이 총총
빛나는 밤에 아직 별이란 이름도 없을 때
하늘에서 이상한 바람 소리가 났다

그 새는 마야의 신보다 더 오래되었고
바닷가에선 한 소년이 기다리고 서 있었다
허리엔 어머니가 준 화살통을 차고 있었고

화살통엔 세 개의 화살이 들어 있었다
그는 세 번째의 화살을 날려 보냈다
새의 심장을 향해

새는 모래밭까지 걸어 나와
뜨거운 피를 쏟았다

소년이 수장한 새의 무덤
심장보다 붉은 꽃이 피어났다

구림리*의 골목길

긴 봄날
골목길 낮은 토담머리
국수발처럼 내리는 햇빛이어
흙담길을 따라 들어가면
어디선가 한낮에도 들리는 다듬잇소리
코가 미어지는 참깨 볶는 내음
한약 끓는 내음
이런 날엔 나도 병을 앓고 싶어진다
집집마다 아직도 우물이 있어
어디선가 트레박 샘물긷는 소리
수탉 울음소리
긴 긴 구림리의 옛 골목길

* 구림리 : 전남 영암군 비금면 구림리는 삼한 때의 설촌으로 동구림 서구림 700여 호로 나
  누어짐. 도선국사 왕인박사의 탄생지로도 유명함.

오령五齡의 나비

하늘의 별들에게
무슨 소통이라도 하고 살았던 것일까

백수의 하늘을 날아도
한 방울의 피 냄새도 나지 아니한다

지상의 그늘에 거적을 깔고도
오령의 잠에서 막 깨어난 나비같이

반가사유상半跏思惟像

볼우물이 파이는
그녀의 왼쪽 보조개
한 두레박씩 퍼내는 웃음결에
오금 절이며 살다가
어느 날 반가사유상 앞에 나갔었다

웬일인지
그후로 그녀는 통 웃지 않았다

뻐꾹새 운다

시도 때도 없이 요즈음은 밤에도 뻐국새가 운다

복사꽃이 피지 않아도 울고 복사꽃이 피어도 운다

복사꽃 밭에서 어머니와 함께 밑거름 하는 날은

그 환한 꽃그늘로 뻐꾹새가 와서 울었다

뻑, 뻑꾹, 뻑 오빠는 손뻐꾸기로 울었다

해마다 복사꽃 피고 져도 소식 없더니

요즈음은 벽시계 속에 숨어서도 울고 문 밖에서도 운다

재활용품 수거 차량이 오는 날은 더 요란하게 운다

쿠쿠 밥통 속에서 뻐꾹새가 운다

호수

가을 하늘이
호수를 찔러본다

소금쟁이가 구름 한 점을
빨대로 빨아 본다

가을 하늘이 호수에
누워 있다

다시 구름 한 점이
지나간다

돌 하나를
던져 본다

고요가
얼음처럼 깨진다

열무밭을 지나다가

봄비가 소근거린다

하나같이 모자는 왜들 그렇게

삐뚜름히 썼니?

개구쟁이들이라 그렇죠 뭐,

나는 문득 유치원 여선생이 되고 싶은 거다

호루라기를 꺼내어 불어본다

셋 넷 하고 줄을 이어 따라오는 아이들

장다리 하얀 꽃도 피기 전인데

벌써 알통만 굵어졌다

열무김치* 들어간다

>

아구리 딱딱 벌려라

* 나주 「들노래」에서 인용.

나비 폭풍

이 봄 누구 초상 치를 일이 있나
장다리 무꽃 위에 흰나비 떴다
아니다, 저건 하늘 아래 첫 나들이의 여행이다
겨울 마른 때죽나무 아토피 피부병 같은 고치 속에
한 생을 우겨넣고
날거야, 나도 날거야, 꼬물거리는 것이 있었다
봄 햇살 간지럼 먹이자 허물 벗고
젖은 나래를 말려 활짝 날아온 것
처음 써 보는 문자향文字香
하늘거린다고나 해야 할까 팔랑거린다고나 해야 할까
저 가벼운 몸짓, 안쓰러운 숨결
저 파문이 캘리포니아 바닷가에 이르러
거대한 물보라를 일으킨다는 것
내가 꿈꾸는 詩 한 구절의 숨결이
저와 같이 팔랑거려서
어느 하늘가에 한 줄기 바람으로
폭풍을 일으킬 수만 있다면

뿡

서울에서 내려온 배꼽친구와 함께
운조루雲鳥樓 대청마루에 눕다

목침 두 개를 나란히 베고 누워
우리 내기 방구 할까 하고
내가 먼저 방구 한 방을 트니
친구 놀라서 꺄르륵 웃고
나도 놀라서 웃는다

어릴 때처럼 두세 번 몸을 틀고
친구도 기어이 한 방 텄다
야, 그건 쌀방구도 아닌 보리방구잖아
내가 또 웃는다

동구 밖 고리고리한 곤쟁이 젓갈 냄새 퍼진다
쌈밥집 보리밥 먹고 온 탓이다

또 간드러지는데,
친구의 호주머니 속에서 핸드폰이 운다
서울? 어딘가 불안하다

에라, 뿡

거즐풍류擧櫛風流*

뙤약볕 구름 속에서 놋날*로 쏟아지는 새 울음, 운조루雲鳥樓*
그 굴진 마음, 강물 따라가서
이럴 땐 더위나 한 짐 팔고 와야 안 하겠냐

대청마루 들어열창 들어올려, 大자로 발벗고 누워서
할머니가 들어올렸던, 잠지잠지* 쭈쭈 대신 한 자 가웃
허벅지나 들어올려
낮잠이나 한판 거하게 때리고 와야 하지 않겠나

뒷곁 석류꽃나무 석류꽃 피어 오래된 우물, 트레박 소리
요란하게 등물이나 할까

이런 더위지기를 뭐라하나
거풍擧風이라고 하나
통풍通風, 풍욕風浴이라고 하나
선풍仙風이라고 하나
거즐풍류擧櫛風流라고 하나

잠지잠지 쭈쭈, 키 늘이다 쳐다보는 대들보
상량문上樑文, 기지개 한번씩 켤 때마다 물구나무 선

65

용룡龍자, 땅으로만 기는 거북구龜자

저걸 용트림이라고 하나, 거북 명당,

땅 울림이라고 하나

아흔 아홉칸을 휘둘러 돌아나오다 고개 갸웃

이리 오너라, 빈 마당 홀로 서서

육지기*라도 불러 보랴, 고지기* 청지기라도 불러내랴

대문 앞 하마석下馬石을 성큼 내려서다 말고

늙은 강바람 만나 하얀 바람의 등뼈라도 만지고 오나

* 거즐풍류 : 더위지기로 선비들이 숲속 계곡에서 즐겼던 탁족.
* 놋날 : 노끈.
* 운조루 : 구례읍 토지면 오미리 섬진강변에 있는 99칸 집.
* 잠지 : 어린아이 고추를 귀엽게 부르는 말.
* 육肉지기 : 육곳간에서 고기 써는 사람 肉庫子.
* 고庫지기 : 창고지기.

4부

변방邊方에 피는 꽃

강 언덕에 피는 꽃은
저녁 햇살 속에 보아야 은은하고

산그늘에 핀 꽃은
아침노을 속에 보아야 아름답다

그러므로 자연은
우리 시의 첫 문장이며 마침표다

꽃 한 송이
오늘도 변방에 숨어서 핀다

강마을

처서 지나고 개울 물소리 희게 반짝인다
백로 지나고 풀잎 끝에 이슬이 차다

어초장魚樵莊 부근附近
어디선가 대낮에도 귀뚜리가 운다

풋밤송이가 언제 저렇게 코를 벌쭉이며
째지게 입을 벌리고 알밤을 다 쏟았나

강마을 긴 모래밭 맨발 벗은 아이들이
모래집을 쌓느라 한낮은 시끌벅쩍

물잔치

무너미 물 넘는 소리
봄 물꼬 물 터지는 소리

윗논에서 아랫논
아랫논에서 아랫논
산비탈 다랑 논들이 물잔치한다

바람 한 점 오지 않는데
이랴, 낄낄낄 부리망*을 쓴 소 치는 소리
물텀벙
워낭* 소리―

무너미 무너미 물 넘는 소리
산골짜기 다랑 논들이 물잔치한다

* 부리망 : 소 주둥이에 풀을 뜯지 못하도록 씌운 그물망.
* 워낭 : 소 뿔 밑에 단 풍경.

함박눈

산막집 아궁지에 군불을 땐다
탁, 탁, 타오르는 싸리나무 불꽃
고구마 몇 묻어 놓고
군불을 땐다

부지깽이에 묻어나는 숯검정
부뚜막에 써보는 가갸 거겨 뒷다리
그리운 얼굴 하나 떠올라 밖을 본다

눈온다
함박눈

족필足筆

행운목이라면서
벼락맞은 대추나무로 새겼다는
낙관 하나를 선물 받았다
오래 전 일이다

영인박물관에서 보내온 민부채와
현대시박물관에서 온 족자에
육필시를 써 놓고
이것은 지렁이가 쓴 글씨야라고
혀 끝을 말며
천둥치는 불빛 속에서 습관처럼
또 낙관을 찍는다

육필인데 뭐 어째
이놈아 육필도 분수가 있어야제
번갯불이 손목을 꺾고 지난다
한참을 내려다보니 손목이 까맣게 탔다
발가락으로 써라 발바닥!
번갯불이 또 호통을 치며 지나간다
그래서 발바닥으로 쾅 찍었다

삽

추석이 오기 전 아버지 산소에 들러
벌초를 했다 아버지 시원하세요 하고 물었다

살아 계실 땐 지붕 위에 올라가
함께 눈을 치던 맑은 삽 소리가 좋았고
그 눈 녹아 이른 봄 얼었던 논에 나가
생흙을 팔 때 싸륵싸륵 그 첫 삽 소리를 잊지 못한다
그리고 이른 봄 물꼬를 트고 윗논에서 아랫논으로
무너미 무너미 물 넘는 소리를 잊지 못한다

봄갈이가 시작되면 논둑에서 물이 새지 않도록
진흙을 발라가며
삽날을 뒤집어 철버덩 철버덩 논둑을 두드리던
아버지 모습을 잊지 못한다

다시 예초기의 칼날이 돈다 돌멩이들이 튀어 오른다
이 소리가 시끄러워 어떤 사람은 낫을 사용하고
어떤 사람은 맨손으로 풀을 뜯는다는데
나는 아직 그러질 못한다

\> 　
산소에서 내려와 오랜만에 아버지가 살았던
폐가가 된 허드랫간 문을 열어 본다
한 구석에 예초기를
세우다 보니
쇠꽃이 핀 삽 한 자루가 시렁위에 낯설게 꽂혀 있다
참 맑은 소리가 난다

상사화相思花

지리산 문학제가 있는 날
함양에 갔었다
잠시 상림공원을 거닐었다
미친년들!
9월 초입 상사화, 상사화가 만발해 있었다
진홍불로 숲을 태우고 있는 꽃대궁들 향해
누군가 발길질을 해댔다
화냥년들이야 목이 간들어진……
이윽고 11호 태풍 나리가 숲 속을 덮치자
어질병처럼 꽃들이 소낙비 속에서 무릎을 꺾었다
혼외정사婚外情事를 치르고 난 배화밀교도들처럼
선홍의 빛깔이 숲을 한 번 들었다 놓았다
그 현란한 빛의 파동들!
또 누군가 욕설을 퍼부으며 발길질을 했다
나는 생쥐같이 젖은 몸을 떨며
복상사腹上死를 일으키지 않을까 싶어
몇 번인가 건구역질을 하면서
무릎을 꺾었다

하모니카

열 아홉 그녀가

머나먼 스와니 강을 이끌고 왔다

뉴욕에서 기념품 가게를 하며

발발이 스피치와 혼자서 산다고 한다

선물 포장지를 열어보니 성경책이 나왔고

하모니카가 나왔다

맑은 햇살 아래 스와니 강물이 반짝거렸다

보길도행

예송리 몽돌밭의 조약돌들은

물결에 쓸리고 밀려 나면서도

어리버리한 놈 하나도 없다

모나지도 않고 흑요석으로 빛난다

두루뭉수리, 저희들끼리 한 세상 깔고 누워

내어지르는 물소리

둥근 물소리

한밤내 민박집 이불을 둥글게 말아올리며

거기 무던한 사람들과

엉덩이를 깔며 산다

도가니탕

말은 날쌔어도 무릎 꿇고 누워서 새끼를 낳지만
소는 서서 새끼를 낳는다
우직하므로 결코 무릎을 꿇는 일이 없다
무릎 관절을 수술한 후 연골 뼈에 좋다는
도가니탕을 즐긴 후로부터
나도 무릎을 꿇는 것이 일상의 연습으로 되었다
무릎 뼈가 다 닳아지고 무릎으로 기어서 한평생
도달하는 길
인조 뼈로 다리를 세우려고
물렁한 도가니 살을 씹다가
그 무릎 위로 곧장 날아오는 아버지의 회초리를
생각했다
날마다 재활원에 나가는 관절운동
한 삶의 절정을 치달아 뼈에 좋다는
물컹한 살
오늘도 도가니를 든다

묵

녹두로 가루 내서 만들면 청포묵
두루치기로 치잣물을 뿌리면 황포묵

젓가락에서 미끄러지고 목 안에서도 미끄러지는
이 맛의 담담함은 무엇인가

묵판에서 시무룩한 눈을 뜨고 묵들이 쳐다본다
이빨이 뭉그러진 나는 묵을 삼키는 일이 즐겁다

나는 오래도록 이 슬픔을 더 씹어야 한다

다시 세로짜기 판형版型

『시안』을 읽다가 아직도 서정시가 있나 싶어
북쪽에서 온 듯한 리·상·각의「베짱이」*를
필사해본다
一字一劃이 배댕이처럼 떨어지고
맑은 물소리 바람 소리가 들린다

느리게 읽고 느리게 쓰기로 했다
천천히 걷고 천천히 가기로 했다

밤에는 리·상·각의 詩를 한 번 더 적바림하고
잉앗대가 울고 도투마리 넘기는 소리가 들렸다
짱짱 베를 짜고 창창 바디집 치는 소리가
풀섶에서 들렸다

一字一劃이
반딧불이처럼 공중을 떠서 날아간다

* 「베짱이」: 2012년 봄호 「시안」(세로짜기 판형版型)에 발표된 리상각의 시.

80

고릴라의 전설

2백밀리
기습 폭우에 뇌성벽력이 쏟아지는 밤
천지가 뒤집히고 우중의 저 불꽃놀이 속에서

불똥을 훔쳐먹고 사는
털 달린 짐승 한 마리를 발견했다

원래 저 검은 털 달린 짐승은
열대우림의 숲 속에서
바나나, 망고, 야자수 열매를 먹고
원숭이로 진화했던 머리 검은 짐승이었다
그런데 언제부터 203동과 204동 옥상을 건너다니며
변이종으로 진화하여
퍼런 불똥을 마시고 살았던 것일까

며칠째 퍼붓던 기습 폭우도 멎고
날빛들어 옥상에 올라가 보았다
무쇠탈을 쓴 피뢰침 한 개가
오래된 우산대처럼 꽂혀 있었다

통큰연애

목섬이 떠있는 누님의 바닷가
삼천포에 가면
하얗게 머리가 쉰 누님 한 분을 불러내고 싶다
캄캄한 바닷가에 앉아
천상에 수많은 별들을 흩어 놓고
그 치마폭에 얼굴 묻어
울음을 울음 울고 싶다

아니라면,
오래된 슬픔도 허물어진 자리
태풍주의보에 파도가 밀려오면
새파랗게 젊은 애인을 불러내어
그 치맛말에 얼굴 묻고
떡판에 덕을 치대듯
나도 통큰연애 한 번 해보고 싶다

'바닷가 섬들을
잔칫상 절편 감추던 할머니처럼
때절은 손수건에 꼭꼭 감싼다

섬과 바다가 반죽되어

길길이

들쭉날쭉

대체 누가 저 떡판을 주물러 대는가

바다 몸을 풀고 있다

難産이다'

― 김경, 「태풍주의보」

* 2009.10.31 ― 김경 시집 『연애』 출판기념회, '태풍주의보'에 차운함, 삼천포해상관광호
  텔 축시.

5부

봄날

겨우내 암탉이 짚둥우리에서

알 굴리는 소리 들어보셨나요

장글장글한 봄날 흙마당에서

병아리들이 이빨 닦는 소리 들어보셨나요

어초장 詩 2

저녁 먹어라, 분꽃이 꽉 피고
달맞이 환한 꽃그늘에서 저녁 밥 먹었습니다

밥 먹고, 개밥바리기 별이 떴습니다
누군가 킁킁거려서 개밥 그릇에 개밥 퍼주었습니다

차랍차랍 삽살강아지 밥 먹는 소리
그 소리 듣고 싶었던지 앞산 봉우리 불끈 달이 솟습니다

섬 2

왜 떠 있는지도 모르면서

섬은 꿈꾼다

무엇을 꿈꾸는지도 모르면서

섬은 떠 있다

너무 오래 되어 기다리고 있다는

사실조차 모르면서

Show를 보는 즐거움

요물요물 손가락을 빠는 것은
배냇짓이라는데
방긋방긋 웃는 것도 배냇짓이라는데

요놈 봐라, 요 며칠 새
옹알거리다가
아조 진짜 Show를 하는구나

몇 번씩 허공짚기로 모둠발을 꼬고
옆 뒤집기를 시도하는가 했더니
한 번은 옆 구르기로 발랑 뒤집혀
기어코 엎어지는 것이 아닌가
이렇게 몇 번씩 Show를 하지 않는 것인가

올챙이 두 다리가 쏘옥
앞다리도 쏘옥 물속이 아닌
땅짚기 헤엄을 치면서도 코방아를 찧더니
기어코 한 걸음씩 제 기럭지만큼 기는 것이 아닌가
또 개헤엄은 치지 않겠다는 듯 옹알거리며
Show를 하지 않는 것인가

>

그래 Show를 하라 Show!
그리고 돌도 채 안된 녀석인데도
엉덩이를 깔고 앉음새를 시늉하더니
기어코 엉거주춤 일어서지 않는 것인가
그래, Show를 하라 Show!
두 번 공연되지 않는 기찬 Show!
네 곁에서 태평소를 불어주렴, 날나리를 불어주렴.

Y

한밤중 동구 밖에 나와

북쪽 하늘에서 남쪽 하늘 가르고

끼룩끼룩 울고 오는 기러기떼

목이 휘도록 쳐다보았다

두고 온 어머니 그리워

불꽃 무늬

내가 사는
地上의 한켠 어딘가의 어둠 속에서
밤새도록 폭설에 지는
은은한 불꽃을 머금은
집 한 채

알등도 켜지 않은 거실
자작나무 잡목들의 불꽃이 타오르는
벽난로 앞에서
두 개의 의자에 앉은 반신상半身像들

나는 책을 읽고
그녀는 손을 놀려 난이*를 깁는다
이마를 수그릴 때마다 타오르는
생명의 소란스러움……
누구랄 것도 없이 이따금 마주보며
어색한 듯이 웃는다

눈 속에 핀 두 그루 설중매처럼
때로는 신성의 그것과 같고

때로는 마성魔性의 그것과 같은
그녀의 한쪽 뺨에 어룽지는 불꽃 무늬
한 다발의 매화가 폭발하는 소리.

* 난이 : 남바위, 눈 속에서 쓰는 모자.

인연

달마는 연꽃이 되고

연꽃은 달마가 되고

밤 낚시

가을 돔과 도다리 노래미 등속
별고기들이 입질하는 밤이다

서울서 내려온 친구는
웬 헛낚시만 던지느냐고 타박이지만
내 낚싯대에는 하늘에 뿌려 놓은 별들이
밤새도록 주렁주렁 낚싯줄을 물고 올라온다

열아흐렛 늦은 달이 뜬다

달도 엉덩이를 깔고 앉을 곳이 없는지
낚싯대 위에 올라 앉아
뒷물하고 있다

서너물발 간드러진 물살을 타고
긴꼬리 뱅에돔이 왔나 보다
낚싯줄이 쓸리면서 기탓줄 소리가 난다
별고기들이 사방으로 흩어진다.

그

나는 가야 한다 그런데도 가면 안 된다고
그가 속삭인다 푸시시 등 뒤에서 낙엽이 내린다
앙상한 가로수들이 텅 빈 길을 보여주고 가을은
두 번 다시 오지 않는다고 말한다 그런데도 등
뒤에서 가면 안 된다고 그가 말한다 뼈만 남은
앞산이 자꾸만 가시처럼 목에 걸리고 저 강물이 식도
를 타고 역류한다 겨울이 가면 봄이 온다고 그가
속삭인다 가면 안 된다고 그가 말한다 푸시시 등
뒤에서 낙엽이 계속 내린다

말을 타고 달리자

가보세 가보세
갑오년에 못가면
을미적 을미적
병신되네

동학혁명이 일어난 지
120주년
그 갑오년의 첫 아침

앉으면 죽산竹山
서면 백산白山
현대사를 뒤흔들었던 그날의 함성이여
황룡강을 건너
황토현을 넘어 징소리여 꽹과리 소리여
그 곰나루 피맺힌 아우성이여

3·1 운동, 광주학생, 8·15
4·19, 5·18, 그 이후
담괴가 터진 옆구리 구멍 뚫린 수술자국
저 붉은 황혼의 묘지를 지나

아직도 우리들의 늑골에선 찬바람이 스민다

광남일보!
너와 함께 황야를 걸어 10년
저 입석대와 서석대
우리들의 귀와 입을 통하여
민주정론을 이끌어 온 삼두마차三頭馬車

황룡강을 건너 황토현을 넘어
새해는 갑오년
우리들의 죽창竹槍이 빛났던 시절
그 상처 아물어 피리소리 뜰 때까지
황야의 거친 벌판
말을 타고 달리자

흙에 뿌린 이 슬픔 이 기쁨

저벅 저벅
농부의 발자국 소리가 새벽을 연다
탈탈 경운기 소리가 아침을 깨우고
한가득 매실이며 밤톨 농사
저 승평들의 황금 벼이삭
한 삶의 생애가 여기서 시작되고
여기서 저문다

누대로 지켜온 우리 강물이며 산천
워낭 소리 굽이치는 산밭길
꼴망태 짊어지고 돌아오는 농부의 등굽은
늙은 허리가
저 산마루 초승달로 떴다
느랭이골 물 소리도 다급하게 흐른다

흙에 뿌린 이 슬픔 이 기쁨
땀 한 방울의 씨앗을
무엇으로 다 말하랴
한 시대의 농협은 한 시대의 밀알인 것
지금도 귀에 쟁쟁한 솥뚜껑 여닫는 소리

날된장에 풋고추를 찍어 먹는 쥐코밥상일지라도
우리 웃음 우리 행복 우리 근성은 여기서 나왔다

한겨울 구들목 안방에선 누룩 곰팡이 뜨고
그 콩메주 담가서
저 장독대를 갈무리한 늙은 손
청장 진장 수장 씨간장*
뿌리 없는 삶이 어디서 오는 것이랴
오늘도 허물지 않은 장독대는
대를 이어간다

* 간장 : 2년 미만은 청장, 5년 미만은 진장, 10년 이하는 수장, 20년 이상은 씨간장.

남도의 소리와 말가락

송수권 시인 · 전 순천대학교 교수

후기 : '시인이 쓴 자전적 시론'

남도의 소리와 말가락

송수권 시인의 문학강좌는 2013년 8월 「문학의 집 · 서울」에서 열린 〈수요문학광장 | 이 작가를 말한다〉의 강좌 자료이다. 강좌는 송수권 시인이, 진행은 고형진 평론가가 맡아주었다. 본 문학강좌 원고에는 송수권 시인의 문학강좌만 실을 수도 있었지만, 강좌에 들어가기 전 고형진 평론가의 들어가는 말도 함께 실어 송수권 시인의 문학사적 현재 위치를 재확인하고자 한다.
— 2014년 『학산문학』 여름 특집호

〈들어가는 말〉
겨레의 말, 겨레의 심성

고형진 고려대 교수 · 문학평론가

송수권은 1975년 우리 시사에서 가장 인상적인 데뷔작의 하나로 꼽히는 시 「산문에 기대어」가 『문학사상』에 당선되면서 등단

한 이래 지금까지 거의 40년에 육박하는 기간 동안 조금도 쉼 없는 시적 열정을 드러내며 우리 서정시의 진경을 펼쳐 보인 시인이다. 그가 시를 써나간 기간 동안 우리 사회는 유례없는 산업화를 겪어 왔고, 우리 시단 역시 그에 대응하는 현실주의 시와 여러 실험 시들을 쏟아냈지만, 송수권 시인은 예부터 우리 선조들이 부리던 손때 묻은 전통시의 연장을 들고 우직하게 전통시의 우물을 파고들어가 마침내 가장 깊고 맑은 전통 서정시의 물을 길어 올렸다. 그의 시는 좁게는 소월, 영랑, 백석, 미당으로 이어지는 전통 서정시의 미학과 형식을 잇고 있지만, 넓게는 정지용과 이용악 시의 언어와 심상까지 품고 있어 우리 전통시의 그릇을 크게 확장해 놓은 시인으로 평가된다.

시인은 40년에 가까운 오랫동안 여러 시세계를 탐색해 나갔지만, 그런 가운데서도 시종일관 놓지 않고 응시했던 하나의 시선은 우리 겨레의 심성이다. 시인은 자서에서 그것을 '대숲'과 '뻘'과 '황토'의 미학으로 요약한 바 있는데, 실제 그의 작품들에서 그것들은 다채로운 이미지들로 형상화되어 우리 겨레의 그윽한 심성을 매우 감각적으로 전해주고 있다. 그의 시는 남도의 미학에 뿌리를 내리고 있지만, 그는 이 지역에 머물지 않고 우리 강산의 이곳저곳을 샅샅이 유람하면서 우리 겨레의 마음속에 보편적으로 심어져 있는 진정한 정신세계를 통찰해 내었다. 한과 이별의 미학에 머물렀던 우리 전통시의 미학을 넘어 그것을 묵묵히 껴안으며 형성된 넉넉한 품새의 넓은 도량과 형언할 수 없이 깊은 아름다움을 절절한 언어로 그려내어 우리 겨레의 진정한 혼을 일깨운 것은 송수권 시인이 얻은 득의의 시적 성취라고 할 수 있다.

그의 시는 또한 우리 토착어의 보고를 이루고 있다. 사전에서 잠자고 있는 아름다운 우리말들, 또 지역에서만 맴돌고 있는 정감 넘치고 감칠맛 나는 우리말들이 그의 시 안에서 더욱 빛나는 언어로 거듭나고 있다.

한편 그는 자신의 개인적인 체험을 보편적인 감동의 시로 승화시켜 서정시의 진수를 보여주고 있기도 하다. 특히 혈육과 가족의 애환을 절실한 언어로 그린 작품들이 주목되는데, 그중에서도 「아내의 맨발」 연작은 읽는 이의 가슴을 촉촉이 적시는 명작으로 우리 시사에 길이 남을 것이다.

〈주제강연〉

남도의 소리와 말가락

1. 언어의 대활령大活靈과 소활령小活靈

모바일 시대, IT 강국이 되면서 우리 시대는 너무나 발빠르게 변화되고 있다. 이 변화된 속도 속에 은폐되거나 소멸 또는 소멸되어 가는 과정에 있는 전통문화 속의 고유한 탯말들을 나는 '봉인封印된 말'이라 부른다

가령 「왱병」이라든가 「소반다듬이」 등 봉인封印된 말들에 관해서이다. 지금도 사용되고 있는 용품들인데 기억해 내는 사람들이 별로 없다. 50~60대 어머니들마저 이런 기억상실증에 있다는

증후군에 대해서는 깜짝깜짝 놀라곤 한다. '왱병'과 '소반다듬이'를 아는 어머니들이 별로 없기 때문이다. 매일 그 밥상 위에서 밥을 먹으면서도 그렇고 촛병을 사용하면서도 그렇다. 2011년 11월 27일에는 마침 아침 방송으로 KBS-TV 특집 '名人' 시리즈에서는 '나주 소반장' 김춘식 씨의 나주반을 만드는 공정을 다큐로 재현하고 있었다. 놀랍게도 그 서막에 나의 시 「소반다듬이」 전문이 걸쳐서 떠오른다. 아직 시집에도 나가지 않은 작품인데도 말이다. 그리고 연이어 몇 통의 전화도 걸려온다. 물론 신세대는 아니다. KBS-TV '퀴즈 대한민국' 구성작가의 전화도 있었는데 나의 시 「남도의 밤 식탁」 중에 나오는 '지린 홍어의 맛'이 퀴즈로 나가는 모양이어서 '지린'이 무슨 말이냐고 물어왔다. 그 구절을 다시 읽어보라 했더니 "아, 맵고도 지린 홍어의 맛/ 너와 함께 곁두리 소반상을 들면/ 그처럼 밤도 깊은 남도의 식탁"이란다. 원래는 '지릿한'으로 표기했는데 이 출판사 저 출판사에 돌아다니면서 그렇게 된 모양이라고 얼버무렸다. 원형은 '지리다', '지릿하다' 등이 맞을 것 같다. '오줌냄새'를 표현할 때도 그렇게 쓰기 때문이다. 암모니아(질소)의 그 구릿한 냄새, 즉 홍어가 잘 삭으면 코를 자극하는 지독한 냄새가 나는데 음식이 곰삭으면 이 독특한 냄새가 나기 때문이다. 발효 음식에서만 나는 이 독특한 냄새와 맛은 9천여 개의 미각세포 중 서양인의 혓바닥에는 없는 맛의 영역이다. 특별히 이 맛의 영역을 두고 우리는 '발효 미지각 영역'이라고 부른다. 이 곰삭은 맛을 두고 '개미가 쏠쏠하다' 또는 '그늘 있는 맛'이라고 표현한다. 이 '그늘'이란 말이 판소리로 가면 '그늘 있는 소리' 즉 째진 목이 아니라 '옹근목'(수리성)이라고 한다. 수리성이 되지 못한 캄캄한 소리를 남도 사람들은 '왱병 모가지 비트는 소리 작작하라'고 '퉁'을 주기도 한다. 요즘 소리꾼들의 목은 거개가 '째진목'(건넘은 소리)인데 비해 임방울의 소리가 상한가를 치는 것도 이 '그늘'을 두고 하는 말이다. 그래서 우리는 사람도 품새가 넉넉하면 '그늘이 있는 사람', 시도 깊은 서정이 우러나면 '그늘 있는 시'라고 표현한다. 그러므로 이 개미와 그늘은 1차 문화인 음식에서 온 것들이다.

그늘 있는 맛과 시는 우리들의 영혼을 흔든다. 아니 이 그늘에서 한국인의 기질과 성품, 인성 그리고 영혼이 유전자 소인으로 각인된다고 함이 옳다. 봉인된 이 언어에 시의 혼 즉 대활령大活靈이 숨쉬고 있다. 향토색이 없는 표준말은 시의 폭력적 언어에 가깝다. 이는 극단적인 말이긴 하지만 서울 한복판에서 우리 고향 탯말인 '웜매, 이 잡것 봐라!'고 했다면 욕설이기 보다는 어깨를 툭 치고 싶은 정겨움의 시적 아우라를 갖는다. 더구나 세계 공통어인 영어만 쓰는 워싱톤이었다면 이 정서는 배가 될 것이다. 특히 신세대의 모바일 언어에는 이 대활령이 죽어 있는 것 같아 답답하다. 표준말만을 강요하는 학교교육은 시어로서는 상당히 부적절한 언어임을 실감한다.

왜 이리 좋으냐
소반다듬이, 우리 탯말
개다리 모자 하나를 덧씌우니
개다리소반상이라는 눈물나는 말
쥐눈콩을 넣어놓고 썩은 콩 무른 콩을 골라내던

어머니 손
그 쥐눈콩 콩나물국이 되면 술이 깬 아침은
어, 참 시원타는 말
아리고 쓰린 가슴 속창까지 뒤집어
흔드는 말

시인이 된 지금도 쥐눈콩처럼 쥐눈을 뜨고
소반상 위에서 밤새워 쓴 시를 다듬이질하면
참새처럼 짹짹거리는 우리말
오리, 망아지, 토끼 하니까 되똥거리고 깡총거리며
잘도 뛰는 우리말
강아지하고 부르니까 목에 방울을 차고 달랑거리는
우리말

잠, 잠, 잠하고 부르니까 정말 잠이 오는군요, 우리말
밤새도록 소반상에 흩어진 쥐눈콩을 세며
가갸거겨 뒷다리와 하니, 두니, 서니 숫자를 익혔던
어린시절

가나다라 강낭콩
손님 온다 까치콩
하나, 둘 다섯 콩
흥부네 집 제비콩
우리 집 쥐눈 콩

소반다듬이 우리말 왜 이리 좋으냐

— 「소반다듬이」(『통』) 전문

시나위(산조) 가락은 호남이 그 발생지로 알려져 왔다. 예를 들면 대금 명인인 이생강의 젓대가락만 보아도 정악 대금보다 산조 대금이 훨씬 매력적이다. 이 산조散調 가락을 흘림기법과 덤벙기법 또는 허튼가락이라고 부른다. 판소리 발생의 비밀이 바로 여기에 숨어있다. 동시에 시나위는 민중의 가락이면서 흘는 기법이다. 이생강의 경우 스승 박종기 명인의 대금산조大笒散調에 자신의 창법을 얹어 흘는다.

시 또한 표준말의 정악기법으로는 무미건조하여 파격의 멋과 가락이 생기지 않지만 토속어의 감칠맛 나는 "그런데"가 아니라 "그런디"나 "그리하였는디"로 갔을 때 노래가 형성된다. 시는 노래의 체계에서 비평의 체계로 넘어왔다고 우김질해보아야 마치 나전칠기에서 사용하는 발색기법인 건칠乾漆에 불과하다. 표준말의 정서가 바로 여기에 해당된다.

바람과 파도가 잦아들고 잠잔다는 만파식적萬波息笛 또한 이 젓대 소리인 대금산조였음은 이미 판명이 났다. 그래서 시나위가락이란 곧 한밤의 달빛을 타고 흐르는 우리 고유 정서에서 온 가락임도 알 수 있다. 한밤중의 그 젓대소리 어찌 열두 시름 깊은 한恨으로 멍든 간장을 끊어 놓지 않겠는가? 이생강의 젓대소리가 산진수회山盡水廻의 맥놀림으로 한밤의 큰굿거리 판에서 징 소리와 한 몸통이 되어 박수무당들이 불어제끼는 그 시나위가락임도 이미 판명이 난 사실이다.

북무남창北舞南唱의 그 남창南唱이란 말은 곧 대(竹)의 숨구멍에서 왔음도 알 수 있다. 시詩로 가면 그것이 곧 '구슬리는 말법'이요 '눙치는 가락'이 된다. 이것이 또한 서북정서와 남도정서의 다른 점이라 할 것이다. 인용한 시들에서 '신바람'은 곧 남도풍류를 말함인데 남도풍류는 검약과 절제의 정신으로 다져진 즉흥성과 구강성의 멋과 맛의 가락으로 '구슬리는 말법과 눙치는 가락'으로 요약된다. 줄풍류(가야금, 거문고, 해금, 아쟁)와 대풍류(대금, 중금, 소금) 중 대풍류는 난세에는 죽창竹槍으로 빛났고 태평성대엔 피리소리로 뜬 것이 남도역사다. '문 안에 들어가면 대밭이 있는데 방 안에 들어가면 어찌 난초가 없겠는가?'하는 말은 재인才人들이나 의병들이 그 끼를 자랑할 때 쓰는 말이다. 줄풍류나 대풍류는 고을 원님(목사)을 맞이할 때 삼현육각三絃六角에서 연주하기도 했다. 소개말에서 고형진 교수가 내 시의 정신을 뻘과 황토와 대(竹)의 정신으로 요약한 것도 이 때문이다. 나는 이를 국토의 3대 정신으로 해석하는데 내 시는 여기에서 한 치 반 치도 벗어난 적이 없다.

88년도 소월시문학상 수상작인 「우리나라의 숲과 새들」, 「시골길 또는 술통」은 황토정신의 표본작이며 99년도 정지용문학상 수상작인 「눈내리는 대숲가에서」나 「줄포마을 사람들」은 대(竹)의 정신을 표방하고 「뻘물」이나 「대역사大役事」, 「여름낙조」 등은 뻘 즉 개땅쇠(개+ㅅ+땅+쇠)의 정신을 드러낸 작품들이다. 나는 이 정신을 '안땅' 또는 '물둑'의 정신으로 표현한다.

또 한국전쟁이 일어나기 전 제주섬에서 겪은 4·3(1948) 사건은

남한과 북한이 따로 나라를 세우는 것을 반대한 민족 하나됨의 정신이다. 이 정신의 연장선에서 아직도 미해결의 장으로 남아 있는 것이 여순사건(1948)이며 중음자의 길을 걸었던 것이 대다수의 빨치산들이었다.

소월의 언어에는 언어, 정신, 리듬의 3합에서 볼 때 가락이 승하고 백석의 시에서는 이 토속 전통정신을 갈무리하는 대활령이 진하게 나타나는 것 같다. 아쉽게도 이분들의 정서에는 '대숲바람 소리'가 빠져 있다. 대(竹)의 남방 한계선은 강릉까지로 보기 때문이다. 표준어는 향토 색깔 언어에 대한 원형적 감각이 빠져 있다 함도 여기에 연유한다. '왱병'을 '촛병' 또는 '소반상'을 '식탁'이라고 불렀을 때는 음식맛이 쏙 빠져버린 껍데기 같은 이름만 남기 때문이다. 이 모듬살이 속에 바로 우리 민족정서와 전통성이 드러나기 때문이다.

곡선의 상법想法과 소리의 상법 즉 '느림의 시학'으로 나름대로 시를 써온 후 시각과 청각에 의존해 왔던 이미지들이 나이들수록 미각과 후각으로 맛과 냄새에 민감해진 것 같다. 이는 다이앤 어커먼이 시의 언어를 '침묵의 감각'이라고 말했던 것처럼 시각에 선행되는 본능적인 미각과 후각의 원초적 촉발을 통하여 원형적인 삶을 갈망한 때문일 것이다.

특히 토속적인 원형감각을 지금까지도 고집스럽게 밀고 온 까닭은 표준어보다는 부족방언의 기능이 훨씬 시적 언어라는데 있다. 표준어에서는 언어의 대활령大活靈이 각박한 시대와 더불어 줄어들고 있음을 체험하기 때문이다. 이 대활령을 흔드는 정서는 모어중의 모어인 서북정서와 남도정서가 표본적 언어의 정서로

작용한다.

현대회화에서 처음으로 선線을 의식한 아티스트는 러시아의 알렉산더 로드첸코였다. 그는 색채 회화의 마지노선도 이 선線을 통해 초월할 수 있다고 믿었다. 그리고 훈더트 바서는 '기능주의야말로 범죄며 직선은 선과 도덕에 대한 부정'이라고 선언한 바 있다. 그의 선언대로라면 '곡선의 상법想法이야말로 힐빙heelbeing의 선이며 생체리듬의 선이다. 여기에 비로소 소리가 숨쉬고 가락이 있다. 이 가락은 곧 느림으로 가는 삶이다.

시로 보면 서정의 운율이며 음악으로 보면 선율이다. 건축으로 보면 시간과 공간이 머물 수 있는 선조주의線造主義공법이다. 한국의 아름다운 소리는 대개 이 '곡선의 상법'에서 솟아난다. 나는 이 상법에서 나오는 체험의 소리 50여 편을 모아 『소리, 가락을 품다』로 책을 내기도 했다. 이는 내 詩 쓰기의 코드요 노자가 말한 '곡즉전曲則全', 즉 '곡선은 완전하다'로서 내 삶의 길을 터득했기 때문이다.

먼 데서 날아와 과녁의 중심을 물고 흔드는 화살이여
주변 감각들은
나의 중심을 허물지 못하고
길들여진 습관적인 말들로는
소리와 냄새 맛의 원초적인 감각을 흔들지 못한다

언어는 시로 형상화되는 것
촛불의 그늘 속에서 한밤의 달빛 속에서

사위어 가는 새벽의 별빛 속에서
애벌레의 울음 같은 시詩들이 탄생한다

비린내가 흥건한 포구의 불빛 속에서
황토흙을 태우는 그 모닥불의 연기 속에서
창호 문발을 치는 소슬한 대숲 바람 속에서
나는 봉인封印된 낱말들을 찾아 개봉한다

드팀전, 싸전, 잡살전, 다림방, 시계전, 어리전, 진전
마른전, 군치리, 물집, 마전, 말감고……
저 수표교가 서 있었던 자리, 정월 보름날은
당나귀 울음소릴 사랑하고

소망교회의 한 장로가 꿈꾸었던 무식쟁이의 청계천을
사랑하고
시의 언어가 시장市場이 되고 공약公約이 될 수만 있다면
나는 종로바닥을 싹 쓸어버리고
쥐뿔도 고양이뿔도 전통이라면 찾아 내어
운종가의 봄을 새로 불러 오겠다

육주비전六注比廛의 바글거리는 왈패들과 짝패들
새로 단장한 팻션 거리, 명동 천주당과 투전꾼들
아오개와 배고개 소근개와 마당개들까지 한 통속이 되는……
말춤 속에 현대와 근대가 엇박자로 어수룩하게 맞물리는

강남스타일로

종달새와 뻐꾹새의 울음소리를 키우겠다

시 한줄이 우울증을 치유할 수 있는 프로작 한 알이라도

될 수 있다면

* 소근개와 마당개 : 소근개는 백정의 어린 자식, 마당개는 어른 백정을 말한다.

—「봉인封印된 말을 찾아서」

위의 시는 내 시의 생성과 소멸을 의미하는 자전적 시론이다. 곡선의 삶, 즉 전통의 경계 너머에서 울려오는 소리를 옮겨 본 것인데 나는 이런 말들을 일찍이 '봉인된 말' 진짜로 우리의 숨결이 살아 있는 말들로서 '남도의 소리와 말가락'에서 구슬리는 말법 또는 능치는 가락의 토속화된 언어로 보는 것이다. 그래서 김수영이 말한 대로 전통이라면 시궁창도 좋은 것이다. 동시에 이런 언어들은 백석 시의 보고를 이루며 서북정서를 고스란히 드러낸다. 장곡藏曲을 인식하며 최초로 쓴 시는 「시골길 또는 술통」이고 이후로 나의 시는 이 곡선 즉 소리의 상법에서 흘러나오는 상징기호가 되었다.

자전거 짐받이에서 술통들이 뛰고 있다

풀 비린내가 바퀴살을 돌린다

바퀴살이 술을 튀긴다

자갈들이 한 치씩 뛰어 술통을 넘는다

술통을 넘어 풀밭에 떨어진다

시골길이 술을 마신다

비틀거린다

저 주막집까지 뛰는 술통들의 즐거움

주모가 나와 섰다

술통들이 뛰어내린다

길이 치마 속으로 들어가 죽는다

― 「시골길 또는 술통」

2013년 새로 나온 15시집 『퉁』에서도 토속어가 많아진 까닭은 다분히 체질적인 내적 동기가 개입해 있다. 이는 내 시의 언어와 정신인 황토, 대(竹), 뻘의 정서와 정신을 천착, 비로소 남도 정서를 드러내며 서북정서와는 달리 음식에서 시간과 공간을 통합 체현해 가고 있음을 의미한다.

2. 지리산 뻐꾹새와 여순사건

새 중에는 울지 못하는 새가 있다. 얼마나 바보스럽고 멍청한가? 어떤 풍경 속에서 깊이 걸리지 못하고 울지 못한다면 얼마나 삭막한 새일 것인가? 대체로 습성이 강한 독수리 같은 놈은 잘 울지 못한다. 제 딴엔 가장 영리한 것 같지만 이따금 우뚝 앉아 있는 모습을 보면 나르시즘의 천치요 바보같아 보인다. 굴뚝새도 그렇다. 울타리 꿰기나 잘하지 나는 결코 이놈이 우는 소리를 들어 본 적이 없다. 아마 이 시대에 울지 못한 놈처럼 불행한 놈도 없을 것이다.

그러나 지리산 뻐꾹새, 이놈은 걸려도 깊이 걸려서 거대한 산맥을 뿌리째 걸고 넘어진다. 걸려도 깊이 걸리고 울어도 진하게 운다. 제 피를 도로 받아 삼키는 이놈의 울음이야말로 나르시즘의 천재다. 울어도 참새처럼 찔찔거리지 말고 깊이 울어라. 저 뻐꾹새 한 마리가 수천 수백의 지리산 봉우리를 다 울리고 가듯이 울타리 가에서 울지 말고 이 시대의 한복판에서 울어라. 이 걸리지 않는 풍경 속에서 깊이 걸리는 일이야말로 가장 현명한 삶이다.

40년 가까운 문학 인생에서 지금까지 열여섯 권의 시집을 상재했다. 위의 글은 첫시집 『山門에 기대어』(1980)에 있는 자서다. 시답지 않은 시들 속에서 '울타리 가에서 찔찔거리지 말고 이 시대의 한복판에서 울어라'고 통큰 소리를 하고 출발했던 것 같다. 「지리산 뻐꾹새」는 1978년 발표한 시고 구례중학교 시절에 썼던 시다. 구례산악회의 후원으로 지리산 노고단에서 산상시화전山上詩畫展을 열기도 했다. 그때의 사진이 지금도 산장 벽면에 붙어 있다.

30여 년이 지나서야 나는 다시 이놈의 뻐꾹새 울음을 들을 수 있었다. 격포에서 일부러 집필실을 섬진강 가로 옮겨 왔다. 순천대학교 문창과에 교수직을 얻었기에 가능했다. 변산의 뻘속에서 노을에 절어 살다가 이곳 산속에 와 출발점에서 썼던 뻐꾸기 울음을 개인적인 한을 극복하는 역사의 현장인 「빨치산」 투쟁으로 이끌었다. 그래서 써진 것이 서사시집 (12시집)인 『달궁아리랑(2010)』이고 후속 작업인 14시집 『빨치산(2012)』이었다. '기록이 햇빛에 바래지면 역사가 되고 달빛에 물들면 신화가 된다'라는 말처럼 지리산과 여순사건이 현대사의 신화로 가라앉아 버리는 것이 안타까웠던 것이다.

> 꿈속에서 만났던 그 사람 종적을 알 수 없더니
> 백무동 골짝 용유담 맑은 물속에 숨어 살고 있었다
> 겨울 건기乾期를 지나 눈 녹고 봄비에 골짝물 불어나
> 폭포가 물기둥을 세우면
> 박치기, 박치기로만 물기둥을 뛰어넘는 가사어架裟魚
> 봄에만 석 줄의 붉은 띠를 두르고 나온다는 가사어
> 백무동에서 달궁을 넘고 피아골 청학동을 돌아
> 삼남의 지붕을 제 집 삼아 한 생애를 다한다 하니
> 빨치산의 넋들림이라고도 하고 빨치산의 두목
> 이현상이 빗점골에서 사살된 후 새로 생긴
> 산천어라고도 한다
> 그도 어쩔 수 없이 전생에 죄를 얻어 나처럼
> 금란가사 한 벌 두르지 못하고
> 이 산천을 떠돌았던 몽구리 중놈이었던가 보다
> 근 현대사 이후.
> 이 산천에 웬 곡비哭婢들 이리 많은지
> 햇뻐꾸기 벌써 나와 공글공글 반 되짜리 울음 울고
> 소쩍이는 밤새도록 소탕掃蕩, 소탕掃蕩
> 한 되짜리 울음 운다
> ─「지리산의 봄」

그 외에도 풍류맛 기행으로 써온 음식시를 새로 추스려 13시집

『남도의 밤식탁』(2012)을 상재했다. 이는 한국현대시사에서 서북 정서로 쓴 백석의 음식시(150여 종류, 고형진) 몇 편이 산발적으로 흩어져 있는 것이 안타까워 개인 시집으로는 처음 시도해 본 시집이었다. 개인적인 한이 집단무의식으로 연결되지 않을 때는 허당이라는 말, 이 울타리를 뛰어넘을 때 역사를 작동시키는 '역동적인 한', '생기로 피는 한'이 된다는 것은 그동안 시를 써오면서 터득한 나의 경험이기도 하다.

'섬진강이 네 오줌통이고, 지리산이 네 안방의 이불인 줄 아느냐'고 독설을 퍼부었던 것은 지리산 최후 여전사 빨치산이었던 정순덕이 감옥에서 했던 말이다. 나는 이 두 시집을 쓰고 학교를 정년했고 지리산도 여순사건과 함께 저물어 간다.

2012년까지 연구실을 지키다가 2013년도엔 어초장을 광주 우거로 옮겨 쓴 시집이 제15시집 『통』(2013)이었다. 2012년도 『빨치산』으로 김삿갓문학상을 받았고 『통』으로 구상문학상을 받았다. 문학인생 40년 고향 언저리로만 떠돌다가 고향 고흥반도에 바치는 16시집 『사구시의 노래』(2013)를 연말에 간행했다.

광주 우거에 돌아와 나는 지금 또다시 『빨치산』에 이어 4·3 사건을 구상하고 있다. 이는 『새야새야 파랑새야』(1987)의 동학혁명, 그리고 5·18 사건인 제3시집 『아도』(1985), 『달궁아리랑』(2010)과 『빨치산』(2012)을 잇는 현대사의 복원이다. 서정시에 역사의식이 빠지면 가락과 소리만 남고 맥빠진 감상만 남는다는 것을 일찍이 깨달았기 때문이다. 즉 한恨을 극복하는 부활의 힘이 솟지 않기 때문이다. 엘리어트는 '25세에 역사의식을 갖지 못한 시인은 자격이 없다'고 말했다. 문학 인생 40년에서 내가 확인한 키

워드는 이 부분이 될 것 같다.

(문학의 집 · 서울강연. 2013년 8월)

송수권

송수권宋秀權 시인의 호는 평전平田이며, 1940년 전남 고흥에서 출생했다. 고흥중학교와 순천사범학교와 서라벌예술대학을 졸업했으며, 1975년 『문학사상』 신인상으로 등단했다(수상작 「山門에 기대어」 등). 시집으로는 제1시집 『산문에 기대어』(문학사상사), 제2시집 『꿈꾸는 섬』(문학과지성사), 제3시집 『아도』(창작과비평사), 제12시집 장편서사시집 『달궁아리랑』(종려나무, 2010), 제13시집 『남도의 밤식탁』(작가, 2012), 제14시집 『빨치산』(고요아침, 2012), 제15시집 『퉁』(서정시학, 2013), 제16시집 『사구시의 노래』(고요아침, 2013) 등이 있고, 시선집으로는 『시골길 또는 술통』(종려나무, 2007)과, 그밖에 50여 권의 저서를 출간한 바가 있다. 소월시문학상, 정지용문학상, 영랑시문학상, 김달진문학상을 수상했고, 한민족문화예술대상, 만해님시인상(2011), 김삿갓문학상(2012), 구상문학상(2013) 등을 수상했다. 전 순천대학교 교수이며, 현재 한국풍류문화연구소장으로 활동을 하고 있다.

송수권 시인의 『허공에 거적을 펴다』는 그의 열일곱 번째 시집이며, 남도의 소리와 말가락을 통해서, 서정시의 진수를 선보이고 있다고 할 수가 있다. '허공'이란 텅 빈 공간이 아니라, 텅 빔으로서 꽉 찬 초월(무욕)의 공간이며, 언제, 어느 때나 젊은 노老 시인의 아름답고 행복한 삶이 '남도의 미학'으로 꽃 피어나는 자리라고 할 수가 있다.

송수권 시집

허공에 거적을 펴다

발   행 2014년 6월 30일
지 은 이 송수권
펴 낸 이 반송림
편집디자인 김지호
펴 낸 곳 도서출판 지혜
         계간시전문지 애지
기획위원 반경환 이형권 황정산
주   소 300-812 대전광역시 동구 선화로 203-12층 도서출판 지혜 (삼성동)
전   화 042-625-1140
팩   스 042-627-1140
전자우편 ejisarang@hanmail.net
애지카페 cafe.daum.net/ejiliterature

ISBN : 979-11-5728-003-2 03810
값 10,000원